Genel Ya

TÜRK EDEBİYATI KLASİKLERİ DİZİSİ

NAMIK KEMAL
ZAVALLI ÇOCUK

UYARLAMAYA KAYNAK ALINAN ÖZGÜN ESER
ŞARK MATBAASI, İSTANBUL
1290 [1873]

Sertifika No: 40077

EDİTÖR
HACER ER

GÖRSEL YÖNETMEN
BİROL BAYRAM

ESKİ YAZIDAN ÇEVİREN
SALİH BORA

GRAFİK TASARIM UYGULAMA
TÜRKİYE İŞ BANKASI KÜLTÜR YAYINLARI

I. BASIM: EYLÜL 2021, İSTANBUL
IV. BASIM: AĞUSTOS 2024, İSTANBUL

ISBN 978-625-405-604-8

BASKI
UMUT KAĞITÇILIK SANAYİ VE TİCARET LTD. ŞTİ.
KERESTECİLER SİTESİ FATİH CADDESİ YÜKSEK SOKAK NO: 11/1 MERTER
GÜNGÖREN İSTANBUL
Tel. (0212) 637 04 11 Faks: (0212) 637 37 03
Sertifika No: 45162

TÜRKİYE İŞ BANKASI KÜLTÜR YAYINLARI
İSTİKLAL CADDESİ, MEŞELİK SOKAK NO: 2/4 BEYOĞLU 34433 İSTANBUL
Tel. (0212) 252 39 91
Faks (0212) 252 39 95
e-posta: info@iskultur.com.tr
www.iskultur.com.tr

TÜRK EDEBİYATI KLASİKLERİ - 58

Oyun

zavallı çocuk

NAMIK KEMAL

TÜRKİYE İŞ BANKASI
Kültür Yayınları

Sunuş

Tanzimat döneminin en önemli aydınlarından Namık Kemal, 1867'de Avrupa'ya gitmiş ve burada tiyatronun seçkin ve gelişmiş örneklerini izleme fırsatı bulmuştu. İlgiyle izlediği oyunların izleyici üzerinde bıraktığı etkiyi görmüştü. Ona göre Avrupa toplumlarının gelişmesinde tiyatronun payı büyüktü. İzleyici hem iyi vakit geçiriyor hem de öğreniyordu. Bireysel ve toplumsal ahlakın iyileştirilmesinde önemli rol oynayan tiyatro sayesinde bir milleti bilinçlendirmenin mümkün olduğunu ileri süren Namık Kemal, bu alan üzerinde çalışmaya başlar. Sadece tiyatro eserleri yazmakla kalmaz, gazete ve dergilere yazdığı yazılarla da Türk-Osmanlı tiyatrosunun gelişmesine katkı sağlar. Yabancı dillerden yapılan çevirileri de destekler; Türkçe oyunların çoğalması, sahne tecrübesinin artması açısından gereklidir. Sahne eserleri ne kadar sade ve anlaşılır bir tarzda yazılırsa o kadar geniş kitlelere ulaşacak ve onları eğitme görevini de etkin biçimde yerine getirebilecektir. Böylelikle yeni tiyatro eserleri, dilin gelişip güzelleşmesine de katkı sunacaktır.

1873 yılında Güllü Agop'un Osmanlı Tiyatrosu'nda oynanan *Vatan yahut Silistre*, izleyenlerde büyük heyecan uyandırır. Bu ilgi ve heyecan hükümetin gözünü korkutur ve Namık Kemal sürgün edilir. Sürgün edildiği yıl, Magosa'da *Zavallı Çocuk*'u yazmaya başlar. *Zavallı Çocuk*, bir yıl kadar önce, başyazarı olduğu *İbret* gazetesinde yayımladığı "Aile" başlıklı makalesiyle ortak temalar taşır. Eleştiri oklarını geleneksel aile yapısı, evlilik ve çocuk yetiştirme yöntemlerine yöneltir. Namık Kemal'e göre aile, toplumun çekirdeğidir. Temelleri düzgün atılmamış sağlıksız ailelerin, onun düşlediği modern ve güçlü toplumu yaratması mümkün değildir. *Zavallı Çocuk* bu fikirler üzerine kurulur. Oyun, taşıdığı duygusal yoğunluk bakımından da sonradan yazılacak eserler için bir öncü sayılmaktadır. Recaizade Ekrem'in *Vuslat* ve Abdülhak Hamid'in *İçli Kız* adlı eserleri *Zavallı Çocuk*'un açtığı bu yolda verilmiş örnekler olarak görülebilir.

Yazıldığı yıl, yazarı sürgündeyken yayımlanan *Zavallı Çocuk*, 1874'te Güllü Agop'un Gedikpaşa'daki Osmanlı Tiyatrosu'nda sahnelenir. Sahneye konulması kitaba olan ilgiyi de artırır; üç ay içinde ikinci baskısını yapan eserin taklit baskıları da satışa çıkar. Günümüze ulaşan baskıların hangisinin asıl olduğu şüphelidir, aralarında küçük farklar vardır. Biz bu çalışmada eserin ilk baskısını esas aldık, diğerleriyle karşılaştırdık. Zaten dönemine göre oldukça sade olan diline hiçbir müdahalede bulunmadık. Yalnızca kimi kelimeleri dipnotlarla açıklayarak sunmayı uygun bulduk.

Salih Bora

ZAVALLI ÇOCUK

ÜÇ FASIL

Üstteki görsel, Güllü Agop'un Gedikpaşa Tiyatrosu'nda kurduğu ve adı bu yapıyla özdeşleşmiş tiyatro topluluğu Osmanlı Tiyatrosu'nun amblemidir. *Zavallı Çocuk* 1874 yılında ilk kez burada sahnelenmiştir.

Eşhas [Kişiler]

ATA BEY	On dokuz yaşında ve tıbbiyenin onuncu sınıf talebesinden bir delikanlı
ŞEFİKA HANIM	On dört yaşında bir kız
HALİL BEY	Şefika'nın pederi
TAHİRE HANIM	Şefika'nın validesi
ŞERİFE HANIM	Komşu
TABENDE	Cariye
HEKİM	

Ata Bey birinci fasılda gayet süslü bir kostümle, ikinci ve üçüncü fasıllarda da yine gayet süslü olduğu halde mektep elbisesiyle bulunacak.

I. Fasıl

(*Ziynetlice*[1] *bir oda*)

Birinci Meclis

ŞEFİKA (*Yalnız*)

Bu kuş kadar gönlümden de ne acayip haller geçiyor! Ben daha ne adam oldum ki zihnimde kendimin bile iyice anlayamayacağım birtakım hayaller bulunsun?

İki ay evvel bu vakitler nasıl tatlı tatlı uyurdum. İki aydır gözümü açıp da dünyayı karanlık görmediğim gün bilmiyorum. Pekâlâ! Ata burada iken erken uyanayım. Ne kadar erken uyanırsam zararı yok. Ya bir saat ziyade yüzünü görürüm, ya bir saat ziyade uyanmasını beklerim. Ya o mektepte iken!.. Acaba ne göreceğim? Acaba ne bekleyeceğim? Gide gide hiç şüphem kalmıyor, muhabbet mutlak budur. Güzel ama ben nineciğimi[2] de seviyorum. Niçin her gece gözümü kapadıkça rüyama girmiyor? Babacığımı da seviyorum. Niçin kendi evde olmadıkça hayali gözümün önünde gezmiyor?

Geçende mektebe gitti. Bir ay sonra geleceğini pekâlâ biliyorken her gün yine "Acaba geliyor mu?" diye deli gibi

1 Süslüce.

2 (Burada) Anne.

saatte iki kere pencereye koşuyordum. Ninem babam çehremden, tavrımdan bir şey anlamasın diye korkumdan yerlere geçiyorum. Halimi kendinden saklamak da yine bir başka bela! Anlasa arımdan, anlamasa kederimden öleceğim. Ah! Bu mutlak muhabbetten başka bir şey değildir.

Dün Tabende'ye insan nasıl sever diye sordum. Ne cevap verse iyi, "Sen yaşta çocuk sevmeyi ne bilecek" demesin mi? Budala! Ben yaşta çocuk sevmeyi ne bilecekmiş. Senin gibi yanaklarım gerdanıma sarkacak, çenem burnuma yapışacak da ondan sonra sevmeyi öğreneceğim. Öyle mi?

Saat on bire geliyor. Hâlâ uyanmadı. Yine ikindi olmadan gidecek. Yine ben biçare bir ay yolunu bekleyeceğim duracağım. İki gün olsun doya doya yüzünü görmek bile nasip olmaz ki... Ne kadar da canım ağlamak istiyor! Aman, şimdi yine ninem gözlerimi kızarmış görür, kıyamet koparır. Ah, geliyor! Onun ayak atışı. İşte... Ayağının sesini işitir işitmez yüreğim de oynamaya başladı.

İkinci Meclis

ŞEFİKA HANIM, ATA BEY

ŞEFİKA

Siz miydiniz? Yüreğim oynadı.

ATA BEY

Ben pek yavaş gelmiştim.

ŞEFİKA

Zararı yok, zararı yok. Latife ediyorum.

ATA BEY

Beni korkuttunuz. Hava serin efendiciğim. Sabah vakti niçin böyle bir entariyle oturuyorsunuz? Allah esirgesin! Soğuk alırsanız sonra biz ne yaparız? Ellerinizde hararet var. Durun hırkanızı getireyim.

ŞEFİKA

(*Kendi kendine*) Yine her tarafım ateş kesildi. O bile ellerinde hararet var diyor. Bir türlü kendimi zapt edemeyeceğim.

(*Ata'ya*) Aman o kadar telaş etme! Şimdi öteki odadan işitirler de gerçekten hasta zannederler.

ATA

Allah göstermesin! Neden hasta olacaksınız? Ben ne güne duruyorum? Size gelecek illet isterse bin kat büyüsün de bana gelsin! Hastalık hekimlere yakışır.

ŞEFİKA

(*Hiddetle*) Sus! Kendine öyle fena fena şeyler yorma!

ATA

Ne gücendiniz? Ben size dua ediyordum.

ŞEFİKA

Bana öyle dua lazım değil.

(*Kendi kendine*) Ben de deli miyim neyim?

(*Kendini toplayarak Ata'ya*) Maşallah siz benden ziyade uyuyorsunuz.

ATA

(*Mahzun mahzun*) Ben bu gece hiç uyumadım.

ŞEFİKA

Hiç mi uyumadın? Bu vakte kadar yatakta ne yaptın?

ATA

Ben... ben dersime baktım.

ŞEFİKA

Hilekâr! Nasıl dersine baktın? Odanda kitap yoktu.

ATA

Odamda... Ha gerçek, kitap yoktu. Kitap lazım değil. Ben okuduğum dersleri yatakta zihnimden geçiririm. Siz... siz benim odama ne vakit girdiniz?

ŞEFİKA

Ben senin gibi hakikatsiz miyim? Hiç yatağına, rahatına bakmadan gözlerime uyku girer mi?

ATA

Ah...

ŞEFİKA

Ne oluyorsun?

ATA

Sevincimden gönlüme bir tuhaf hal geldi. Hep gözümün önünden renkli renkli nurlar uçuyor. Biçare Ata'yı o kadar düşünüyorsunuz öyle mi?

ŞEFİKA

(*Kendi kendine*) Zannım yalan çıkmayacak. O da benim halimde... Şimdi öğrenirim... Mutlak öğrenirim. (*Ata'ya*) O kadar düşünsem çok mu? Kaç senedir kardeş gibi büyüdük. Birbirimizden bir kere incinmedik. Ben senin gibi hilekâr değilim. Doğru söylerim. Ben de bu gece uyumadım. Lakin seni düşündüm de onun için uyumadım.

ATA

Beni mi?.. Beni mi düşündünüz? Ya ben her gece ne yapıyorum. Hiç yatakta ders mi ezberlenir? Düşüne düşüne o kadar şeklin zihnime yerleşti ki bir ay sonra resmini yapsam bir çizgisinde, bir kılında eksik bulunmaz.

ŞEFİKA

Hıyanet, sen zihninde resimler yapmakla eğleniyorsun öyle mi? Hiç düşünmüyor musun ki bu sene derslerin bitecek, zabit olup çıkacaksın? Ben de on dört yaşını dolduruyorum. Zati şimdiye kadar Şefika çocuktur diye bizi birbirimizden ayırmıyorlardı. Birkaç ay sonra da birlikte mi kalacağız?

ATA

(*Lakırdısını keserek*) Ah yok... Yok... Hatırıma öyle kara kara hayaller getirme! Allah aşkına sus! Sonra beni kaybedersin.

ŞEFİKA

Niçin o kadar telaş ediyorsun? Dünyada kim kimden ayrılmamış?

ATA

(*Kendini toplayarak*) Size ayrılık kolay mı geliyor? Düşünsenize! Kendimizi bildik bileli bir yerde büyüyoruz.

ŞEFİKA

Kendini bildin bileli ninemle de beraber değil misin? İşte ninemden ayrıldın. Üç yıldır sana görünmüyor. Niçin bir şey olmadın?

ATA

Olmadım... Olmadım çünkü... O başka siz başka... Sizinle akran gibiydik.

ŞEFİKA

Mektepte bu kadar akranın var, hiçbirinden ayrılmadın mı? Gerçek altı ay evvel Ahmet Bey'den ayrıldın. Birbirinizi kardeş gibi severdiniz. Niçin bir şey olmadın?

ATA

Niçin bir şey olmadın? Niçin bir şey olmadın? Öyle şeyler soruyorsunuz ki insan bir türlü cevap bulamıyor. İki senelik derslerimin imtihanını birden geçirdim yine bu kadar sıkılmadım.

ŞEFİKA

(*Ciddi ve itinayla*) Gerçekten cevap mı bulamıyorsunuz? Yoksa... Yoksa bulduğun cevabı söylemek mi istemiyorsun?

ATA

Ay efendiciğim! Ne var ki söylemek istemeyeyim?

ŞEFİKA

Hiçbir şey yok mu? Doğru mu söylüyorsun... Benim... benim başım için doğru mu söylüyorsun?

ATA

Merhametsiz! Bugün canıma mı kastın var?

ŞEFİKA

Gel! Şuraya gel, yanıma... Otur! Benim dünyada senden başka halimi söyleyecek kimsem var mı? Şimdiye kadar korkup da ninemden babamdan sakladığım şeyleri hep sana söylemez miyim? Gönlümde bir hal var. Onu da atide sana söyleyeceğim –zati o hal senden geliyor, çaresini yine senden isteyeceğim– lakin iptida[1] soracağım şeylere doğru cevap ver!

(*İtinayla*) Benim başım için doğru cevap ver!

---

1 Evvela, önce.

ATA

Allah Allah!

ŞEFİKA

Hatırında mıdır? Bundan iki ay evvel... Tamam iki ay evvel –o vakitten beri iki keredir mektepten geliyorsun– burada –yine bu odada– bir hikâye kitabı okuyordun, aklına geldi mi? Hani bir paşanın bir kızı varmış. Komşusunun oğlunu severmiş. Sonra kızı başkasına vermişler. Çocuk kendini öldürmüş. Onun üzerine kız da telef olmuş. Yine mi hatırlayamadın? Hani hikâye oraya geldiği vakit ben, "Suphanallah, bir kız istediği adama varmamakla telef mi olur?" demiştim.

ATA

Evet.

ŞEFİKA

Sen kendini o kadar tutmaya çalıştın, tutamadın, gözünde bir damla yaş peyda oldu. Yüzünün üzerinde gizlenecek yer arar gibi yavaş yavaş öteye beriye doğru yürümeye başladı. İşte işte, yine yüzünde tıpkı onun gibi bir damla yaş geziyor.

ATA

Of...

ŞEFİKA

Sıkılma! Beni dinle! Ben o günden beri seni bütün bütün başka türlü görüyorum. (*Şiddetle elini tutarak*) Ne vakit yüzüne baksam gözlerin sanki benim aksimi kaybedip de ruh teslim edecek kadar mahzun duruyor. Hangi tavrına dikkat etsem bana hal diliyle "Senden ayrılırsam ölürüm" diyor. Beni seviyorsun. Öyle mi?

ATA

Bırak! Allah aşkına beni bırak!

ŞEFİKA

Dinle! Daha bitirmedim. O günden beri gözlerine baktıkça hayalimle beraber yüreğimin mahzunluğu aksediyor da onun için bu kadar baygın duruyor sanıyorum. Halini düşündükçe "Ata'dan ayrılırsam yaşamam" diye yemin etmekten başka aklıma dilime bir şey gelmiyor. Seni seviyorum. Değil mi?

ATA

Ah ya Rabbi! Ne yaptım ki beni bu kadar inayetine layık gördün? Zati buna olan muhabbetimle dünyada herkesten bahtiyar idim. Şimdi de beni sevdiğini işitiyorum. Kendi ağzından işitiyorum.

Seviyorum, Şefikacığım! Seni seviyorum. Hem dünyada ne kadar sevmek mümkünse o kadar seviyorum.

ŞEFİKA

Seviyorsun? Muhabbet sana ne türlü haller getiriyor? Söyle! Söyle bakayım!

ATA

Ne türlü haller mi getiriyor? Zamanı zamanına benzemez ki... Gün olur yanıma gelsen azamın her biri ayrı ayrı yanmaya başlar. Sanki vücuduma alevden bir gömlek giydirirler. Yanımdan gitsen canım vücudumdan çekilir. Çekildiğini her zerrem ayrı ayrı hisseder. Her tarafıma hafif bir titremek gelir. Gönlüm yerinden kopacak da arkandan koşacak gibi olur.

Gün olur, zihnimde yoluna ölüp de seni başucumda ağlar görmekten büyük dünyada bir devlet[1] bulamam. Sonra ağlayacağını düşünürüm. Sana acıdığımdan kendime de acımaya başlarım.

Dünyada ne kadar güzel şey görsem elbette senin bir yerine benzetirim. Sonra gördüğüm şeyin her tarafında bir kusur bulurum. O da gözümden düşer, yine yalnız sen kalırsın. Uykuya rüyada seni görmek ümidiyle yatarım. Uykudan hayalini kaybetmek korkusuyla kalkarım. Her halim tarif olunmaz ki nasıl söyleyim?

ŞEFİKA

Söyle! Tarif edebildiğin kadar söyle!

ATA

Ne vakit seni görmesem yahut düşünmesem gönlüme, zihnime bir yokluk, bir karanlık çöker. Sanki canım ben-

1 Saadet, mutluluk, baht.

liğim kaybolmuş da kendi kendime ecnebi kalmışım gibi olur. Sonra birdenbire hatırıma gelirsin, ölüm döşeğinden kalkmış hasta gibi dünyalar benim olur. Sanki vücuduma baştan aşağı bir sefa, bir hayat dolar.

ŞEFİKA

Ah! Ben bu kadar vakit çalıştım. Gönlümden geçen hisleri bir türlü bir yere toplayıp da kendi kendime bile anlatamadım. Sen bilmem nasıl muktedir olup da tarif edebiliyorsun. Lisanın gönlümde mi? Anladım beyim, şimdi layıkıyla anladım. Ben de seni seviyorum.

ATA

Öyle şeyler söyleme! Beni sevincimden öldüreceksin. Zararı yok, söyle! Söyle! İnsana dünyada muhabbet sözünü sevdiğinin ağzından işitip de ferahından ölmekten büyük saadet mi olur?

ŞEFİKA

Ya muhabbet bu ise niçin o kadar şikâyet ederler? İnsanın yüreğini yakarmış, aklını alırmış, telefine sebep olurmuş. Ben bu lezzet yoluna telef de olsam memnunum beyim! Allah artırsın! Bu kadar kemalin var. Her şeyi biliyorsun, her şeyi tarif ediyorsun. Bana da öğretsene. Muhabbet nedir? İnsana bu devlet nereden geliyor? Hekimsin, böyle şeyleri siz bilmeyince kim bilecek?

ATA

Efendiciğim! Biz vücuda gelen illetleri bilmeye çalışırız, ruhun bulduğu lezzetleri nereden anlayalım?

ŞEFİKA

Ay! Muhabbet ruhta mıdır? Demek ahirete de bizimle beraber gidecek.

ATA

Şüphe yok.

ŞEFİKA

Ah, iki dünyada beni Ata'dan ayırmayan Rabbim! Bilmem sana nasıl şükredeyim? O ne! Beybabam geliyor. Aman yanımdan ayrıl! Şurada bir şey oku! Bizi bir yerde görmesin.

Üçüncü Meclis

EVVELKİLER, HALİL BEY

HALİL BEY

Çocuklar! Erkenden kalkmışsınız. Burada ne yapıyorsunuz?

ŞEFİKA

Kitap okuyoruz beybabacığım.

HALİL BEY

Okuduğunuz ne idi? Bakayım.

ATA

Yeni çıkmış bir mecmua efendim...

HALİL BEY

Biliyorum a! Neresini okuyordunuz? Ben de dinleyim.

ATA

(*Kitabın bir tarafını açarak*) Amerika'daki vahşiler...

HALİL BEY

(*Lakırdısını keserek*) Bırak evlat! Bizim nemize lazım Amerika'daki vahşiler? Şunun fihristine bak! İçinde bir dinlenecek şey bulabilir misin?

ATA

Yılanların suret-i taayyüşü...[1]

HALİL BEY

Geç! Zift yesinler!

ATA

Esbab-ı servet...[2]

HALİL BEY

O bize göre değil, okusak da faydası yok.

ATA

Muhabbet!

(*Kendi kendine*) Tuhaf tesadüf!

---

1 Beslenme tarzı.

2 Zenginleşmenin yolları.

ŞEFİKA

(*Ata ile bir anda kendi kendine*) Suphanallah!

HALİL BEY

Muhabbet mi? Oku bakalım. Onun için ne demişler? Çok gevezelik götürür.

ATA

(*Okuyarak*) Âlemde bin türlü ihtiyaç, bin türlü meşakkat, bin türlü bela, bin türlü acı, bin türlü illet, bin türlü ölüm hep insan içindir.

HALİL BEY

Amma muhabbet tarifi ha!

ATA

(*Okuyarak*) Cenabıhakk'ın ise kullarına bu kadar iptilalara karşı dünyada yalnız bir ihsanı görülür: O da muhabbettir.

HALİL BEY

Şimdi bir şeye benzer gibi oldu.

ATA

(*Okuyarak*) Ömrün meşakkı[1] çekilirse yalnız muhabbet sayesinde çekilir. Hayatın bir lezzeti varsa yalnız muhabbettir. Muhabbet ne büyük lezzettir ki insan cefasında da başka bir lezzet bulur.

Muhabbetle yaşayanlar nasıl yaşasa memnun yaşıyor, muhabbet için ölenler nasıl ölse memnun ölüyor. Siz şimdi belki muhabbet neden hâsıl olur diye düşünürsünüz. Nenize lazım? Gönlünüzde muhabbet yok mu? Peyda etmeye çalışın. Var mı? Etrafınıza bakın. Yerleri daima bahar, gökleri daima şafak görürsünüz. Her yaprak nazarınızda canlanır, bir tuti kuşu kesilir. Size tatlı tatlı gönlünüzün sırrını, sefasını söyler. Her bulut gözünüzün önünde açılır, bir tel gömleğe döner. Size hayal meyal sevdiğinizin sinesini, gerdanını gösterir.

Bir tenhalıkta, bir vahşette kaldınız mı? Hiç çekinmeyin! Hemen uykuya yatın ki daima sevdiğinizin şekline

---

1 Sıkıntı, zorluk.

temessül etmiş[1] bir cism-i latif[2] kalbinizin aguşuna[3] düşmeye hazırdır. Yolunuzda bir muhatara[4] mı gördünüz? Hiç korkmayın! Hemen ileri gidin ki daima sevdiğinizin kalıbına dökülmüş bir melek-i müvekkel[5] etrafınızda muhafızdır. Bir âşık için ölürken mezarının üstündeki çiçekleri ya kanıyla veya gözlerinin yaşıyla sulayacak bir refik-i ruhani[6] mevcut olduğunu bilmek dünyadan rahatça gitmek için ne büyük kuvvettir!

Âlemde kim vardır ki yâriyle bir döşekte, bir saatte ölmeye bütün hayatını feda etmesin?

ŞEFİKA

Of...

HALİL BEY

Ne oldun kızım?

ŞEFİKA

Ne bileyim beybabacığım! Hazin hazin şeyler yüreğime bir çarpıntı getirdi.

HALİL BEY

Ben de ne münasebetsiz adamım. Geldim çocukların rahatını bozdum. O bir şey değildir hanım kızım! Sen merak etme! Ben gideyim, biraz bahçede gezeyim. Şimdi geçer öyle değil mi? Ata! Yürek çarpıntısı bir hastalık değildir?

ATA

Hayır efendim...

HALİL BEY

Bak! Ata da benim gibi söylüyor kızım! Merak etme. Oturun! Siz oturun da yine Amerika'da vahşilerinizle eğlenin!

---

1 Bir şeyin şekline girmek.
2 Melek.
3 Kucak.
4 Tehlike.
5 Görevli melek.
6 Ruh eşi.

Dördüncü Meclis

ŞEFİKA, ATA

ŞEFİKA

Ah! Az kaldı üstümü başımı parçalayacaktım. İnsafsız! Beni babamın yanında ağlaya ağlaya ayaklarına düşürüp de dünyaya rüsva mı edecektin?

ATA

Ben isteyerek mi okudum?

ŞEFİKA

Ama bilmezsin nasıl okudun! Hele sonraki lakırdılar... Sanki ağzından çıktıkça her biri bir alev kesildi de geldi ciğerime yapıştı. Allah esirgesin, sana bir hal olsa da kendimi telef edecek olsam nasıl olur? İşte gözümün önünden hep o türlü belalar geçmeye başladı.

Kalk, kalk mektebine git beyim! Ben bugün ya çıldıracağım ya bir münasebetsizlik edeceğim, ikimiz de rezil olacağız.

ATA

(*Mahzun mahzun*) Daha birkaç saat vakit var ama mademki emrediyorsunuz...

ŞEFİKA

Aman beyim! Allah aşkına olsun bana merhamet et! Tahammülüm bütün bütün tükeniyor. Sen dersinle de vakit geçirirsin. Benim hayalinden başka bir eğlencem yok da yine firkatine[1] sabredeceğim. Dur hıyanet! Bana giderken bir yadigâr olsun bırakmaz mısın?

ATA

Ne istersin? Emret, işte canım.

ŞEFİKA

Saçından bir parça kessem biçimi bozulur mu?

ATA

Bozulursa dünya yıkılır değil mi? (*Boynunu uzatır. Şefika saçından keser*)

Ya ben... Ben bir yadigâr istemez miyim?

---

1 Ayrılık.

ŞEFİKA

Çevremi...[1]

ATA

(*Mahzun mahzun lakırdısını keserek*) Çevrenizi mi?

ŞEFİKA

Anladım. Mutlak aynı olmalı değil mi? Hiç siz adama karşılığını almayınca bir şey verir misiniz? Al! –Latife ediyorum– Al beyim! O saç parçasına ne devlet ki daima seninle beraber bulunacak.

(*Ata saçı alır çıkar. Şefika kendi elindeki saçı öpüp ağlayarak mindere kapanır. Perde iner.*)

1 Üstüne nakışlar basılmış, mendil, başörtüsü vb. olarak kullanılan dört köşe tülbent, yemeni.

II. Fasıl

(*Bir diğer oda*)

Birinci Meclis

HALİL BEY, TAHİRE HANIM

HALİL BEY

Hanım! Öyle söylüyorsun ama kızın halini görmedin mi?

TAHİRE

Halini ne göreyim? Biraz ağladı, biraz nazlandı. O kadar değil mi? Hangi kıza anası babası seni filana vereceğiz der de kız sevinç gösterir. Şefika o kadar terbiyesiz mi ki bizden utanmasın? Hangi kız babasından anasından ayrılacağını işitir de memnun olur? Şefika o kadar merhametsiz mi ki bizden ayrılacağına hiç teessüf etmesin! Bey size bugünlerde bir şey oldu. Kızın evden gideceğini düşündükçe aklınız da başınızdan gidiyor. O giderse evlatsız mı kalacaksınız? Allaha emanet, Ali yok mu? İşte o da on yaşına girdi.

HALİL BEY

Değil iki gözüm. Şefika sağ olsun, rahat olsun da nereye giderse gitsin. Ben orasını düşünmem. Çocuk ne kadar içlidir bilirsin. Evlenmek lakırdısını söylediğimiz vakit ben de "istemem" dediğine, ağladığına bakmadım. Fakat bilmem dikkat etmedin mi? Senin ısrarını gördü. Mahzun mahzun bana baktı. Benden de yüz bulamadı. Çehresine bir karanlık renk geldi. Gözlerine bir hafif duman çöktü. Hâlâ o renk gitmiyor. Hâlâ o duman geçmiyor. O kadar zayıflıyor ki bayağı her gün vücudunun eriyen yerleri gözle fark olunuyor. Gözleri daima toprağa bakıyor. Yüzündeki renk yapıştırma gibi duruyor. On dört yaşında çocuk senden benden bitap olmuş. Biçareye bir hal olmasından korkuyorum. Çocuğun gönlünde bir sevda hissediyorum.

TAHİRE

Allah allah! O yaşta çocuk sevdayı ne bilecek? Zahir on dört yaşında masumları da bırakalım istedikleri gibi evlensinler, istedikleri adama varsınlar. Öyle mi? Sonra dünyada ninenin babanın ne lüzumu kalır? Şimdi Şefika mesela "Kasabın çırağını seviyorum" derse kolundan tutalım da koynuna mı atıverelim?

HALİL BEY

Kasabın çırağını değil lakin akranından birini severse niçin vermeyim de senin kırk yaşındaki paşana vereyim?

TAHİRE

Bey allahı seversen öyle münasebetsiz münasebetsiz lakırdılar söyleme! Paşa kırk yaşında imiş. Değil a, velev ki olsun. Şefika'nın varacağı adam sanki hiç kırk yaşına girmeyecek mi? Akranını o nerede bulup da sevecek? Biz nerede bulup da vereceğiz?

HALİL BEY

Mesela şimdi Ata...

TAHİRE

(*Lakırdısını keserek*) Ben biliyorum. Sizin asıl meramınız kızı Ata'ya vermek. Hiç düşünmüyor musunuz? O bir öksüz çocuk. Akrabanızdan olduğu için siz yanınıza aldınız. Şefika ile şimdiye kadar kardeş gibi büyüdüler. Hiç evlendikten sonra aralarında dirlik olur mu? Kim akrabasından birini almış da rahat etmiş? Hem nasıl geçinecekler? Ata mektepten yüzbaşı çıkacak değil mi? Bir yüzbaşı maaşından ne olur? Kızını halayıklığa[1] mı vereceksin?

HALİL BEY

Hanım, hekimlerin kazancını işitmedin mi? Ata ne kadar müstaittir[2] bilmez misin?

---

1 Parayla alınıp satılan, üzerinde sahibinin her türlü hakka sahip olduğu kadın köle.

2 Yetenekli.

TAHİRE

Allah esirgesin, hastalardan para alıp da can besleyecek değil mi?

HALİL BEY

Hastayı hasta edip de parasını almayacak, iyi etmeye çalışacak da alacak.

TAHİRE

İyi olmayanlardan almaz mı?

HALİL BEY

Alırsa emeğinin mukabili alır.

TAHİRE

Ben öyle emekle kazanılan parayı istemem.

HALİL BEY

Ya nasıl para istersin? Mutlak devlet hazinesinden, fukara çıkınından gelmeli öyle mi?

TAHİRE

Aman bey! Artık bilmiyorum.

HALİL BEY

Darılmak lazım değil, konuşuyoruz. Ata yüzbaşı çıkacaksa kıyamete kadar yüzbaşılıkta kalacak değil a. O beslemeye muktedir oluncaya kadar çocuklar da bizimle beraber geçinir giderler. Şimdi nasıl oluyorlar?

TAHİRE

Şu siz kızın Ata'yı istediğini nerden biliyorsunuz?

HALİL BEY

Bildiğim yok. Zihnime öyle bir şüphe geldi de söyledim.

TAHİRE

Şimdi Şefika'yı çağırır sorarız. O vakit siz de anlarsınız ki kız ne kimseyi seviyor ne paşaya varmaktan o kadar nefret ediyor.

HALİL BEY

Allah versin de iş senin dediğin gibi olsun.

TAHİRE

Şefika! Şefika!

İkinci Meclis

EVVELKİLER, SONRA ŞEFİKA

ŞEFİKA

(*Hariçten*) Efendim!

TAHİRE

Buraya gelsene kızım!

ŞEFİKA

(*Odaya girerek*) Buyurun anneciğim!

TAHİRE

Gel benim hanım kızım! Şuraya, yanıma otur! Şimdi beybabanla paşanın lakırdısını ediyorduk.

ŞEFİKA

Hanım nineciğim! Şefikacığınızdan o kadar bıktınız mı ki gece gündüz beni evden dışarı atmaktan başka bir şey düşünmüyorsunuz?

TAHİRE

Şu fitneye bak! Dünyada hangi ana baba evladından bıkar! Biz senin gittiğini istiyorsak ancak senin rahatın, senin devletin için istiyoruz. Ben anneyim kızım! Seni dünyada en büyük adamın haremi görmek isterim, ayıp değildir. Bak sen kendi esvabını[1] kendin dikiyorsun. Eline dokunan iğnelerin her biri ayrı ayrı benim ciğerime batıyor. Niçin seni kullu hizmetkârlı, devletli saltanatlı görmek istemeyeyim?

Allah şimdi ayağımıza bir kısmet görderdi ki binde bir kuluna nasip etmez. Paşa seni görmüş, hüsnünü beğenmiş, irfanını işitmiş. Bir kat daha meyli artmış, istiyor. Adamın kimsesi yok. Bu yaşında koca konağın hanımefendisi olacaksın. Kırk kişi sayende geçinecek. Kırk kişi emrinle oturup kalkacak. Daha ne istiyorsun?

ŞEFİKA

Ah! Keşke Tabende gibi halayığınız olaydım, her hizmetinizi göreydim de beni bu evden dışarı çıkarmak hatırınıza gelmeyeydi.

---

1 Esvap: Elbise.

TAHİRE

Kız öyle münasebetsiz münasebetsiz sözler söyleme! Beybaban lakırdılarını işitiyor da hatırına başka şeyler geliyor. Az kaldı şimdi senin için kavga edecektik.

ŞEFİKA

Beybabacığım...

HALİL BEY

Fena bir şey söylemedim kızım! Şefika paşadan pek nefret gösteriyor, şayet gönlü başka birini istiyorsa anlasak da ona göre hareket etsek dedim.

ŞEFİKA

(*Kendini tutarak*) Beybabacığım! Ben ne adamım ki gönlüm başka birini istesin. Sizden hiç ummazdım.

HALİL BEY

Kızım! Dünyada insanın başına her şey gelebilir. Ne bileyim? Maşallah artık büyüdün. Mesela sokakta birini görebilirsin.

ŞEFİKA

Beybabacığım, niçin öyle şeyler söylüyorsunuz?

HALİL BEY

Mesela sarı konaktaki İhsan Bey... Güzel delikanlı... Her gün de pencerenin altından geçiyor

ŞEFİKA

Allah bilir a, ömrümde bir kere kıyafetine bile dikkat etmedim.

HALİL BEY

Canım dünyada neler olmaz. Mesela... Bizim Ata... Bu kadar vakittir berabersiniz, belki...

ŞEFİKA

(*Nihayet derecede bir ikdam*[1] *ile kendini zapt ederek gayet emin bir tavır ile*) A! Beybabacığım, Ata benim kardeşim değil mi?

HALİL BEY

Gerçekten kardeşin değil a kızım!

---

1 Gayret, çaba.

ŞEFİKA

(*Hiç tavrını bozmayarak*) Gerçekten kardeşim.

TAHİRE

(*Halil Bey'e*) Gördünüz mü efendim? Bak ne kadar manasız şüphelere düşüyordunuz.

ŞEFİKA

(*Kendi kendine*) Of... Gönlümde bu kadar kuvvet olduğunu bilmezdim. Bilmem nasıl parçalanmıyor?

HALİL BEY

Kim bilir? Dünyada başka insan yok değil a!

ŞEFİKA

Vallah billah, sizin başınız için başka birini düşündüğüm yok.

HALİL BEY

Ay pekâlâ, pekâlâ! İşte ana kız ne yaparsanız yapın! Benim işinize aklım ermiyor. Karışmam.

Üçüncü Meclis

ŞEFİKA, TAHİRE

ŞEFİKA

Nineciğim!

TAHİRE

Nedir? Kızım!

ŞEFİKA

İzin verir misiniz? Gönlümü açayım da içinde olan esrarımı önünüze dökeyim.

TAHİRE

Kız nasıl esrar? Söyle bakayım.

ŞEFİKA

Darılmayacağınıza yemin edin, söyleyim!

TAHİRE

Kızım vallahi darılmam, söyle! Beni yürek çarpıntısına uğratacaksın.

ŞEFİKA

Siz beybabamın yanında söylediğim lakırdılara inandınız mı?

TAHİRE

Niçin inanmayayım? Yalan mı söyledin?

ŞEFİKA

Evet.

TAHİRE

Niçin?

ŞEFİKA

Babamdan utandım, ninemin hatırını saydım da onun için.

TAHİRE

Babandan utanmasan, benim hatırımı saymasan yalan söylemeyecektin de ne diyecektin?

ŞEFİKA

Şimdi söyleyeceğim lakırdıyı söyleyecektim nineciğim! Seviyorum.

TAHİRE

Kimi?

ŞEFİKA

Ata Bey'i.

TAHİRE

Kız! Sen çıldırdın mı? O nasıl lakırdı? Şimdi "O benim kardeşim" diyordun. –Ne kadar da temkinli yalan söylüyor– On dört yaşında çocuğun ağzında sevmek lakırdısı ne geziyor? Ya Rabbi! Söyleyeceğimi de şaşırdım. Yok! Yok! Ağlama kızım! Gel bakayım! Gel seninle güzel güzel lakırdı edelim de hepsine bir çare düşünürüz. Belki hepsine bir çare buluruz. O bir hevestir kızım! Geçer, geçer.

ŞEFİKA

Hayır nineciğim! Geçmiyor. Ben şu zayıf vücudumda ne kadar kuvvet varsa bir yere topladım. Uğraştım, çalıştım, bir türlü geçiremedim. Ben geçmesini istedim, çünkü sizden korktum. Siz de geçmesini istiyorsunuz, bilmem neden korkuyorsunuz? Muradınız benim rahatım değil mi? Paşaya vermeyin! O konak bana cehennem olacak. O devletler, o saadetler bana kabir azabı gibi gelecek.

TAHİRE

Kızım! Geçer. O bir çocukluktur. Paşa da güzel, paşa da genç. Daha otuz sekiz yaşında. Otuz sekiz yaşında erkek gençtir, kızım! Nikâhtan sonra anlarsın. Muhabbet nikâhtan sonra gelir.

ŞEFİKA

Anneciğim! Niçin bu kadar üstüme varıyorsunuz? Kızınıza hiç merhametiniz yok mu? Beni paşaya vermeyin de öldürün! Vallahi billahi kailim.[1]

TAHİRE

Ya Rabbi! Bu çocuk da mı halimizi öğrenecek. Ne zararı var? Muhabbeti biliyor ya, dünyanın halini öğrenmekle ne olur? Kızım! Sen babanın eski devletini, haşmetini bilmezsin. Bilsen sözlerimi daha kolay anlardın. Şimdi fakir olduk. Ayda iki bin kuruşla geçiniyoruz. Zararı yok, geçinelim. Lakin babanın beş yüz kese borcu var. Sarrafı öldü. Şimdi vârisleri istiyorlar. Nikâh olursa paşa sana babanın sarraftaki senedini ağırlık[2] verecek. Şimdi anladın mı? O kıymetli babacığının hapislerde çürüdüğünü, benim kederimden öldüğümü, nazlı kardeşinin yalınayak sokaklarda süründüğünü ister misin?

ŞEFİKA

Ah! Nineciğim! Nineciğim! –Bir parçacık bırak da kendimi toplayım– Hepinizi hapisten, ölümden, sürünmekten ben mi kurtaracağım? Beni onun için mi paşaya vermek istiyorsunuz? Feda... feda olsun. Gönlüm de feda olsun, canım da feda olsun. Ata... Ata da feda olsun. Yaparım. Bundan sonra ne emrederseniz onu yaparım. Lakin size... size bir ricam var. Halime merhamet edin de onu kabul edin, ta ben paşaya gidinceye kadar Ata duymasın! Allahınızın aşkına duymasın! İki evladınızın başı için duymasın!

---

1 Kail olmak: Razı olmuş, kabul etmiş.

2 Başlık parası.

TAHİRE

Duyurmam, duyurmam kızım! Sen emin ol! Geçer iki gözüm. Dünyada her şey geçer. Birkaç günde unutursun. Bak ileride nasıl memnun olacaksın da bana dua edeceksin. Dünyanın her hali geçer. Sen gönlünü eğlendirmenin bir kolayını bul! Ben biraz sokağa çıkayım. Konağa haber vereyim de senedi alsınlar!

ŞEFİKA

Git nineciğim! Hiç beni düşünme! Ben gönlümü yenerim. Ben kendime bir çare bulurum.

Dördüncü Meclis

ŞEFİKA, SONRA ATA

ŞEFİKA

Of... Meğer insanın ömrü çocukluğundan ibaret imiş. Meğer ondan sonrası hep kabir azabı, cehennem ateşi imiş.

Kitapta muhabbeti kim yazmışsa yalan söylüyor. Allah muhabbet lezzetini dünyadaki belalara bedel değil dünyadaki belaları muhabbet lezzetine bedel yaratmış.

Ah! Ata yalnız odasında kalacak da ben başkasının koynunda nasıl yatacağım? Ah... Yok! Yok! Yine aklım başımdan gidiyor. Yine vücudumun her zerresi ayrı ayrı ayağa kalkıyor. Ben gidemiyorum da kederinden Ata'yı mı öldüreceğim? Nineciğim! Nineciğim! Hayat satılsa da ömrümü yolunuza feda etsem ne kadar memnun öldüğüme sen de taaccüp ederdin.

Bu yaşta iken ölmeye âşık olmuş kadar muhabbet edip de ondan bile mahrum kalacağım kimin hatırına gelirdi? Ata... Ata... Acaba halimi işittiğin vakit ne diyeceksin? Bana ne türlü lanetler edeceksin? Soğu! İkrah et! Benden ikrah et beyim! Kendinden ayrılmaya katlandım, gönülden ayrılmaya da katlanırım. Çektiğim azabı duyarsan kim bilir ne hallere gelirsin?

ATA

(*Kapıdan girerek*) Acaba taciz mi ettim?

ŞEFİKA

(*Kendi kendine*) Ata... Bir o eksikti. Ya Rabbi ne kadar azabın varsa bende mi tecrübe edeceksin?

(*Ata'ya*) Siz şimdi nereden geldiniz?

ATA

Mektepten... Bilseniz size ne müjdeler getirdim. Bizi birkaç ay sonra birbirimizden belki ayırırlar diyordunuz bakalım. Ayıracaklar mı? Efendiciğim, ben de adam oluyorum. Dünkü imtihanda birinci çıktım. Hocalarımın hepsi "Ata Türkistan'da birinci hekim olacak" diyorlar. Bu sene huzur imtihanına[1] ben gideceğim. Nazır beyefendi vaat etti. Derslerim bittiği gibi saray hekimliğine alacak. Bakınız bugün tatil değilken "Eve müjde götüreceğim" dedim de izin verdiler. Mektepte talebeden birine bu kadar riayet ettiklerini işittiniz mi?

ŞEFİKA

(*İcbar-ı nefs*[2] *ile*) Geçen sene bu kadar ileride değildin.

ATA

Geçen sene sana muhabbetim bu kadar ileride miydi? Bizim gibi tahsille uğraşanlara bilmezsin ki muhabbet ne haller veriyor. Ne uyku var, ne keder var, ne dünyanın hiçbir halini düşünmek var. Bir sen, bir ders. Ya zihne gelen parlaklık! Hayalin adeta bir güneş oluyor. Gönlümün, fikrimin her noktasını nur içinde bırakıyor.

Ayrılalı üç gün oldu mu? Belki üç saat uyku uyumadım. Vücuduma bir yorgunluk geldi mi? İşte emanetin burada... Ta kalbimin üstünde... Bir kere yüzüme gözüme sürüyorum, olmazsa biraz da kokluyorum. Her tarafım yeniden can buluyor, derslerime öyle çalışıyorum, senin için çalışıyorum.

---

1 Padişah huzurunda verilen imtihan.

2 Kendini zorlayarak.

ŞEFİKA

(*Kendi kendine*) Of... Taş yaratılmak insan olmaktan bin kat hayırlı imiş!

ATA

Vakit geçiyor, beyefendi galiba gelmeyecek. Müjdelerimi siz söylersiniz. Mektebime gitmeye mecburum, belki ay başına kadar gelemem. Adam olmaya gidiyorum. Senin sayende adam olacağım. Senin için adam olacağım.

ŞEFİKA

Ata...

ATA

Buyurun.

ŞEFİKA

(*Üzerine koşup boynuna sarılarak yüzünü gözünü uzun uzadı öptükten sonra*) Haydi... Haydi beyim! Allah selamet versin, Allah yardımcın olsun.

ATA

O ne kadar telaş! Sanki bütün bütün ayrılacağız gibi.

ŞEFİKA

(*Lakırdısını keserek*) Git! Allah aşkına git! Benim başım için git!

(*Kendi kendine*) Ya Rabbi, ne bulsam da söylesem...

(*Kendini toplayarak Ata'ya*) Tahammül edemeyeceğim, bir şey yapacağım. Sırrımız duyulacak. Gelme! Ay başına kadar gelme! Yine bedel mi bekliyorsun? Al! Öp! Neremden istersen öp de git!

(*Ata mahzun mahzun elini koklar, çekilir*)

Allahım, ben bu kadar eziyete dayanabilecek kullarından mıyım?

ATA

(*Kapıdan döner*) Mutlak sende bir şey var, söylemiyorsun.

ŞEFİKA

Git diyorum. Sana halimi açtığıma beni pişman etmeye mi çalışıyorsun?

ATA

Yok, darılma efendiciğim. Hiç sende telaş görürüm de nasıl merak etmem? Lakin yine boynumu bükerim, emrine ittiba[1] ederim, meraklı meraklı giderim. İşte gidiyorum. İşte... Gittim.

ŞEFİKA

Ah! Bu can evimdeki sancı da beni öldürüyor. Sabahtan beri sanki ciğerimin her dakikada bir parçası kesildi.

(*Şefika öksürerek mindere yığılır. Perde iner.*)

1 Uyma, tâbi olma.

III. Fasıl

(Bir diğer oda)

Birinci Meclis

ŞEFİKA, HEKİM, ŞERİFE HANIM

ŞERİFE

Canım beyefendi! Çocuk nasıl?

HEKİM

Ağır hanım! Pek ağır. Allah bilir ama akşama sabaha yolcu görünür. Ben ömrümde bu kadar şiddetli verem görmedim. Yirmi beş günün içinde biçareyi bitirdi, gitti.

ŞERİFE

Ya dün hanıma zararı yok diyordunuz?

HEKİM

Bir valideye ciğerparen gidecek demek kimin elinden gelir? Zati bizim en büyük bir işimiz de hastanın akrabasına tesellidir. Ne ise her gidici zannettiğimiz gitmez a, Cenabıhak ne mucizeler gösterir.

İkinci Meclis

EVVELKİLER, TAHİRE, SONRA CARİYE, HALİL BEY

TAHİRE

Beyefendi! Ben bir iki gündür çocuğun halini beğenmiyorum. Günde üç dört kere nöbet geliyor. Zamk gibi yapışık terler döküyor. Öksürüğün hiç arkası kesildiği yok. Ümidim evvel Allah'a, sonra size kaldı.

HEKİM

Biraz ziyadece zaafı var. Gördüğünüz alametler hep ondan gelir. Efendim o kadar merak buyurmayın! Daha maşallah genç. Anasır[1] yerinde. Bu yaşlarda ne hastalıklar geçirilir.

TAHİRE

Pek baygın yatıyor?

HEKİM

Değil efendim. Şimdi biraz daldı. Daha on dakika evvel tatlı tatlı konuşuyorduk.

TABENDE

(*İçeri girerek*) Bu tezkere[2] beyefendiye imiş.

TAHİRE

(*Tezkereyi açar*) Sarrafın senedi. Karşılığında Şefikacığımın ölüm döşeklerinde sürüneceğini kim bilirdi?

Ya Rabbi! Bu belayı başka bir bedel ile de üzerimizden almaya kadirdin!

Sevgili hareminin gözlerinden öpmüş. Hay benim iki gözlerime toprak dolaydı da bu günleri, bu halleri görmeyeydim.

ŞEFİKA

Ah!.. Nineciğim. Nedir o elinizdeki kâğıt? Sarrafın senedi mi geldi? Elhamdülillah, bari çektiğim eziyetler bütün bütün boşuna gitmedi. Senedi paşa mı göndermiş? İnsaniyetliymiş. Allah ne muradı varsa versin. Bana bu halimde bir büyük teselli oldu.

TAHİRE

Kızım! Kurban olayım öyle şeyler düşünme! Ninene merhamet et! Hay allah canımı alsın!

ŞEFİKA

Nineciğim! Niçin kendi kendine inkisar[3] ediyorsun? Bizi yetim mi bırakacaksın?

---

1 Unsurlar. Bütünü meydana getiren parçalar.

2 Küçük mektup, pusula.

3 Beddua.

HALİL BEY

(*İçeri girerek hekime*) Nasıl?

HEKİM

Zararsız.

HALİL BEY

(*Tereddütle başını sallayarak*) Benim çocuktan ümidim kesiliyor.

HEKİM

Allah esirgesin. Siz evin erkeği iken bu kadar merak ederseniz sonra kadınlara nasıl meram anlatırız.

TAHİRE

(*Halil Bey'e tezkereyi göstererek*) Alın!

HALİL BEY

(*Tezkereye göz gezdirdikten sonra senetle beraber avucunda buruşturur, yere atar*) Sağlıkla olmasın!

HEKİM

İnşallah iyisiniz hanımefendi!

ŞEFİKA

Şükür olsun. Nasıl olduğumu siz benden iyi bilirsiniz a?

HEKİM

Bir şeyiniz yok efendim! Biraz şöyle yastığa kalkar dayanır mısınız?

ŞEFİKA

Dayanayım!

(*Herkes yatağın yanına gelir. Yastığı düzeltir. Şefika kalkar*) Beybabacığım! Bugün daha beni sevmediniz ya! İnsanı öpmeye okşamaya alıştırırlar alıştırırlar da sonra böyle karşısında soğuk soğuk mu dururlar?

HALİL BEY

Seveyim hanım kızım! Maşallah biraz iyiliğin var. Rahatsız değilsin a?

ŞEFİKA

Değilim beybabacığım! Şu yastığa dayandım da daha ziyade rahat ettim. Şerife Hanım siz de burada mısınız? Bak senin o güzel Şefikacığın ne hallere girdi.

ŞERİFE HANIM

Allaha emanet efendim! Keyifsizlik... İnşallah afiyet bulursun, yine nazik vücudun yeni açılmış güllere döner.

HEKİM

(*Saate bakarak*) Bendeniz müsaadenizle gideyim.

HALİL BEY

Akşama teşrif eder misiniz?

HEKİM

Hacet yok efendim! İktiza eden[1] ilaçları yazdım. Nasıl kullanacaklarını kalfaya tarif ettim. Hanımefendi –Allah'a emanet– öyle daima yanında hekim bulunacak hastalardan değil.

(*Kendi kendine*) Akşama gelip de cenazesini mi göreceğim!

ŞEFİKA

Siz de biraz dışarı gitseniz, eğlenseniz de ben şurada kendi kendime uyusam.

TABENDE

Hanımcığım! Yalnız nasıl olur?

HALİL BEY

Sus deli! Sen de bir taraftan çocuğu üzme! Çıkalım kızım, çıkalım!

ŞEFİKA

Anneciğim!

TAHİRE

Kızım! Efendim kızım!

ŞEFİKA

Siz biraz durur musunuz?

TAHİRE

Durayım iki gözüm!

Üçüncü Meclis

TAHİRE, ŞEFİKA

ŞEFİKA

Biliyor musunuz? Bugün Ata gelecek.

TAHİRE

Ah!

---

1 Gereken.

ŞEFİKA

Halimizi biçareye duyurmayacaktınız. Vaat ettiniz. Hatırınızdan çıkmadı ya? Ben bu hallere geleceğimi bildim de vaadimde durdum.

TAHİRE

Duyurmam kızım! –Hay kahrolaydım– Yine nereden hatırınıza geldi?

ŞEFİKA

Ben kendimi pek iyi görmüyorum. Benim için Boğaziçi'ne gitti deyin! Onu bir işle bir yere gönderin! Ne yaparsanız yapın! Bir çare bulun! Yanıma gelmesin. Bir kere daha görürsem tahammül edemem. Sonra sizi de dayanamayıp da acıya acıya telef olacağınız eziyetlere uğratırım. Gözünden benim için bir damla yaş çıktığını görecek olursam o dakikada, o anda ölürüm. Göğsümü bağrımı paralayarak ölürüm.

TAHİRE

Gönderirim kızım! Çaresini bulurum iki gözüm! Allah aşkına öyle mahzun mahzun bakıp da ciğerimi bir kat daha yakma! İşte gidiyorum. Şimdi tembih ederim. Şimdi çaresini bulurum. Sen bir parçacık yat! Bir parçacık rahat et! Nineciğin sana kurban olsun.

ŞEFİKA

Yatarım. Yatarım. Siz benim rahatımı düşünüyorsanız söylediğim şeyin bir çaresine bakın!

Dördüncü Meclis

ŞEFİKA (*Yalnız*)

(*Biraz doğrularak*) Of! Ya bu akşama yahut yarın sabaha bütün bütün ayrılık göründü. Öyle mi?
Hekim beni uykuda sandı da Şerife Hanım'a hepsini söyledi. Yalnız bana söylemezler. Yalnız nineciğime, babacığıma söylemezler. Meğer dünyada adam aldatmak da bir merhamet imiş!

Ya Rabbi, acaba kulun Şefika'ya ahirette de azap edecek misin?

İki ay evvel bana biri bugün verem döşeklerinde telef olacağımı haber verse inanır mıydım? Nasıl inanayım? Pek de gençtim.

Bu kadar çiçekler iki üç günde soluyor. Bu kadar kuşlar iki üç yılda telef oluyor. Benden küçük bu kadar çocuklar ölüyor. Bunların hepsini görürdüm de yine ölümü bir türlü kendime yakıştıramazdım.

Babacığımın atlaslara sarmaya kıyamadığı vücut yarın katı katı kefenlere bürünecek...

Nineciğimin incinir diye kendi kucağından esirgediği Şefika yarın kara topraklarda yatacak...

Atacığımın öpmeye kıyamadığı çehreyi yarın kurtlar, çıyanlar yiyecek...

Ya Rabbi, babasını hapisten kurtarmak için nefsini feda eden kuluna merhamet et! Ya Rabbi, ninesine kardeşine sefalet çektirmemek için mezara giren biçareye acı!

Ah! Ölüm canıma minnet. Ata'dan nasıl ayrılacağım? Ah, dünya durdukça ayrılık... Mahşere kadar hicran...

İnşallah öldüğümü işittiği vakit acımaz. "Bana vefasızlık etti. Allah da yanına komadı" der de hayalimi bütün bütün hatırından çıkarır.

Ah! Yok... Yok... Ben Ata'dan ayrılıyorum, hayalim de mi ayrılsın! Ben Ata'nın yoluna öleyim, o beni vefasız zannetsin de arkamdan bir damlacık gözyaşı da mı dökmesin! Ben Ata'nın muhabbetiyle telef olayım da son nefeste olsun bir kerecik yüzünü de mi görmeyim!

Deli gibi nineme de "Bana göstermeyin!" diye tembihler ettim.

Bir kerecik yüzünü göreyim de uğruna bin can feda olsun. Onun kucağında öleyim de Allah isterse mahşerde bile diriltmesin.

İsterim. Göreceğim. Elbette göreceğim. Allahım biraz ecelden aman ver. Bir dakika olsun göreyim. Beni huzuruna meyus getirme!

Gözlerim kararıyor. Vücudumda kuvvet kalmıyor. Ölüm, ölüm etrafıma yaklaştı. Göremeyeceğim. Ahirete hasret gideceğim. Ah! Nineciğim! Nineciğim...

(*Yatağına düşer, bayılır.*)

Beşinci Meclis

ŞEFİKA, HALİL BEY, ATA BEY

HALİL BEY

Gel oğlum! Gel! Tabende'ye bugünlerde bir hal oldu. Çıldıracak mıdır nedir? Sabahtan beri dünyanın münasebetsizliğini ediyor.

Şefika Boğaziçi'nde değil oğlum! Hasta.

ATA

Hasta mı?

HALİL BEY

Hem ağırca hasta. Baksana baygın baygın serilmiş yatıyor.

ATA

Ah!

HALİL BEY

Daha yeni de nikâh ettik.

ATA

Nikâh mı ettiniz?

(*Kendi kendine*) Çocuğu öldürdüler... Çocuğu ben öldürdüm.

(*Yanına koşar, baygın halinde usul ile nabzına bakar, oturur. Bir reçete yazar.*) Beyefendi! Şunu kapının yanındaki eczacıya gönderir misiniz? Şimdi yaptırsınlar da getirsinler.

HALİL BEY

Göndereyim evladım! Belki Cenabıhak senin vasıtanla şifa ihsan eder.

ATA

İnşallah, inşallah! Ne yapacak diye sorarsa tecrübe edecek desinler. İlaç sertçedir, belki vermez.

HALİL BEY

Pekiyi oğlum! Ya Rabbi! Sen halimize merhamet et!

ATA

(*Setresini*[1] *çıkarıp bir tarafa atarak*) Azap içindeki cana vücut nasıl bar[2] olursa azap içindeki vücuda da esvap öyle sıkıntı veriyor... Bilmem felek böyle on dörder, on dokuzar yaşında masumların bu kadar eziyetlerle canına kıymaktan ne lezzet bulur? Of...

ŞEFİKA

(*Kollarını açarak ve davranmak isteyerek*) Ata... Ata... Ah!

(*Ata kucağına yetişemeden yine düşer bayılır*)

ATA

(*Nabızlarını tutarak*) Daha... daha bir iki nefeslik hayatı var. Nabızlar sekte içinde. Ağız sağ tarafa mail... Gözler gitmiş... Allah hastalığına da güzellik vermiş ki yüzünü gören vereme âşık olacak...

ŞEFİKA

Beyim! Sen misin? Beyim! Hayal görmüyorum a? Yanımda sen oturuyorsun a?

ATA

Şefikacığım! Efendim Şefikacağım!

ŞEFİKA

Beyim! Acaba ne kadar ömrüm kaldı? Acaba iki saat seni görebilecek miyim? Ah! Bari baygınlık gelmese de yüzüne doya doya bakabilsem. Doya doya...

ATA

Allaha emanet...

ŞEFİKA

(*Lakırdısını keserek*) Yalan istemem. Hekim söyledi. Demin beni uyur zannetti de başımın ucunda "Akşama ya çıkar ya çıkmaz" dedi. Teselli lazım değil. Senin için... Ah... Senin yanında diyecektim. Senin yanında ölüyorum. Memnunum, sen sakın sıkılma! Sen sakın bana ağ-

---

1 Çuhadan yapılmış, düz yakalı, önü tek ilikli bir tür ceket.

2 Yük, ağırlık, eziyet.

lama! Sonra beni ahirette de rahatsız edersin. Sakın sakın senin için öldü derlerse inanma! Vücuduma hastalık geldi. İnsan bu ya... Kader böyle imiş.

ATA

(*Kapıdan elinde bir ufak şişeyle giren Tabende'ye*) Getir! Çabuk ol! (*Şişeyi aldıktan sonra*) Haydi işine git! Defol oradan!

(*Şişedeki suyu hastanın başı ucundaki fincana kor*)

ŞEFİKA

O ilaç benim mi beyim?

ATA

Hayır, biçare çocuk! Seni birine zorla nikâh ettiler de benim için verem oldun, ölüyorsun öyle mi?

ŞEFİKA

Onu sana kim söyledi?..

ATA

Canınla uğraşırken yine Ata'ya acıyorsun. Yine Ata kederlenmesin, yine Ata ağlamasın diye zihninde teselli verecek sözler buluyorsun. Her nefesin hayatının bir büyük parçasını götürüyor. Ecel ciğerlerini paralıyor. Azrail o nazik vücudunu pençesine almış eziyor, sen yine Ata'nı düşünüyorsun. Hem de Ata senden sonra sağ kalır, Ata senin kara topraklarda yattığına tahammül eder zannediyorsun öyle mi?

(*Fincandaki suyu içer. Fincanı yere vurur, paralar.*)

ŞEFİKA

Ah! Ne yaptın?

ATA

Hiç! Arkadaş değil miyiz? Yola hazırlandım. Aç! Yatağında yerimi ver! Sakınma! Kim görürse görsün! Ölüm döşeğine Allah'tan başka kimse karışamaz. Benim senin kadar bile ömrüm kalmadı. Bari ruh teslim ettiğim vakit yanından uzak düşmeyim.

ŞEFİKA

Atacığım! Kendini mi zehirledin? Atacığım! Bu belaların hepsi benim için mi? Bak talihsiz Şefika senin başına neler getirdi?

ATA

Ben Tabende budalasının sözüne inanıp da mektebe döneydim başıma gelecekler o vakit gelecekti. Sen bir ay topraklarda yatacaktın da haberim olmayacaktı. Sonra duyacaktım. Çıldıracaktım. Tımarhanelere düşecektim. Seninle beraber ölmeye değil yolunda kendimi öldürmeye bile muktedir olamayacaktım.

Ah! Bizi birbirimizden mi ayıracaklardı? Hiç düşünmemişler ki bu kadar birleşmiş iki kalbi Allah'tan başka kimse ayıramaz. Allah da bir vakit ayırmaz, ama yerin üstünde gezmeyecekmişiz de altında yatacakmışız. Ama bu dünyada birleşmeyecekmişiz de öteki dünyada birleşecekmişiz. Onun ne farkı olur?

(*Hayran hayran biraz yüzüne baktıktan ve sarılıp ötesini berisini öptükten sonra*) Benim için tatlı canını feda ettin. Benim için kıymetli nineciğinden babacığından ayrılıyorsun. Vücudumdan başka elimde bir şey yok ki teşekkür için yoluna feda edeyim.

ŞEFİKA

Beyim! Şefika dünyada senin uğruna ölmesin de kimin uğruna ölsün. Gel! Âlemin gamını kederini yine âlemde bırakalım! Biz şimdi dünyanın en son köşesine misafir olduk. Yolculuğumuzdan, muhabbetimizden, vuslatımızdan, sefamızdan başka bir şey düşünmeyelim!

Ah! Hani birbirimize halimizi bildirdiğimiz sabah nerede? Dünyada ömür istenilirse öyle ömür istenilir. Hani okuduğun kitap? Muhabbeti ne güzel tarif etmişti.

Bak, muhabbet dünyanın her belasını unutturacak bir lezzet değil mi imiş? İşte ölüyoruz. Bizi bilenlerin hepsi arkamızdan ağlayacak da biz yine güle güle ölüyoruz. Söyle! Dünyada birbirini gerçekten seven iki âdem için bir yerde yaşamaktan, bir dakikada ölmekten büyük lezzet düşünebilir misin?

ATA

Sus! Ah!..

ŞEFİKA

Ne oluyorsun?

ATA

Bu zehir... Sanki her damlası içimde bir ejder kesildi... Koparıyor. (*Göğsünü göstererek*) Şuralarımı koparıyor... Ejder... Ejder... Dişleri ateşten midir nedir? Kopardığı yerlerden hem kan dökülüyor, hem alev saçılıyor.

Ah! Zehir değil ateş... Yaktı içerimi, bütün bütün yaktı. Ah... Ya Rabbi, cehennemi ahiretten kaldırdın da gönlüme mi attın?

ŞEFİKA

Ata! Bana bu halini göstermek için mi yanıma geldin? Böyle her dakikada bir kere öldüreceğine bari elini böğrüme sokaydın da birdenbire ciğerlerimi koparaydın.

ATA

Dur! Gücenme! Ben hiç seni bu halinde üzmek ister miyim? Yenemiyorum... Acıyı yenemiyorum... Anla!.. Anla, ne kadar şiddetli eziyet... Senin için çekiyorum da yine tahammül edemiyorum. Senin yanında çekiyorum da çektiğimi senden saklayamıyorum. Saklayamıyorum. Ah! En ince damarlarım bile ayrı ayrı yerinden kopuyor. Sanki her biri koptukça bir kere can veriyorum. Bilmezsin ne kadar şiddetli zehirdi. Ah, başkasını istesem eczacı vermezdi ki... Belki de verirdi. Öyle bir vakitte kim düşünecek! Aklıma bu geldi. Geçiyor, geçiyor. Merak etme! Ölüm hali... Can acısı... Az vakitte geçer... Dünya gamı gibi, hayat kadar sürecek değil a! Ah! Hâlâ mı benim için ağlıyorsun? Damarlarındaki kan durdu, gözlerinin yaşı dinmiyor! Gel! Gel! Ah! Bitti, ne varsa bitti. Ne acı kaldı ne can kaldı. Gözlerime bir fena karanlık çöküyor, sana bakıyorum da zihnimdeki hayalinden başka bir şey göremiyorum.

Ölüyorum. Karşımda sen olmasaydın lakırdı da söylemezdim. Gel bir kere saçlarını koklayım. Belki vücuduma biraz kuvvet gelir de yüzünü bir daha görürüm.

Ah! Gidiyorum. Arkamdan çok durma, beni... beni bekletme! Ah... Şefikam! Ölüyorum. Senin... senin yoluna ölüyorum. Senin yanında ölüyorum

(*Düştüğü anda teslim-i ruh eder*)

ŞEFİKA

Ata! Ata...

(*Nefesini dinler, nabzına bakar*) Gitti.... Gitti.... Beyim gitti.....

(*Sendeleyerek yatağından fırlar*) Gelin! Gelin! Orada kimse yok mu? İşitmiyor musunuz?

Altıncı Meclis

EVVELKİLER, BİRBİRİNİ MÜTEAKİP HALİL BEY, TAHİRE HANIM, ŞERİFE HANIM, TABENDE

TAHİRE

Ne oluyorsun kızım?

ŞEFİKA

Bakın! İşte... Ata... Ata kendi kendini zehirledi. Benim için zehirledi. Biz birbirimizi severdik. Ben... ben anneciğim... Ben onun haremiyim, paşanın değil. Paşanın haremi olmayacağım. Kim ne derse desin. İkimizi Allah birbirimiz için yaratmış. Yarattığı vakit birbirimize nişanlamış. Huzuruna da beraber çağırdı. Gelinlik odamızı kendi divanında, kendi cennetinde hazırlamış. Görüyorum işte... İşte gözümle görüyorum. Kara toprak değil. Her tarafına gül döşenmiş. Her tarafına... Beybabacığım, gel beni bir kere öp! Gel! Ahiret hakkını helal et! Nineciğim! Nineciğim!

Sakın! Sakın! Canımız için lokma dağıtmayın! Düğün şerbeti verin! Fukaraya düğün şerbeti verin! Kızın –kıymetli kızın– bu gece gelin oluyor. İşte... İşte beyim yatıyor... Beni ona Allah vermiş, Allah... Kimse ayıramaz...

Kimse Allah'ın hükmüne karşı duramaz... Beyim! Beyim! Beni mi çağırıyorsun? Geliyorum, geliyorum. (*Yatağa yığılarak*) Bak! Bak! Yanına geldim de gülüyor. Ahirette de Şefika'nı mı görüyorsun? Geliyorum. Geç kalmam. Korkma! Korkma!

Ah! Benim gibi ölmek ne kadar lezzetli imiş bilseniz dünyada bir dakika kalmak istemezsiniz.

Ay... Cemaline ne güzel de nurlar iniyor.

(*Ata'ya sarılır. Yüzünü koklayarak teslim-i ruh eder*)

HALİL BEY

(*Gidip nabızlarını yokladıktan, nefesini dinledikten sonra*) Allahım bize bugünü de mi gösterdin?

(*Tahire'ye*) Kadın marifetini gördün mü?

TAHİRE

Sus! Aman... Sen de adam azarlayacak zaman mı buldun? Benim ciğerparem şu hallerde yatıyor. Senin lakırdıların bana kızımın ölüsünden ziyade mi tesir edecek? Kızım... Benim babasını borçtan kurtarmak için şehit olan kızım...

HALİL BEY

Ah...

(*Perde iner*)